Analyse de l'œuvre

Par Dominique Coutant-Defer
et Eloïse Murat

Le Veston ensorcelé

de Dino Buzzati

lePetitLittéraire.fr

Rendez-vous sur lepetitlitteraire.fr et découvrez :

Plus de 1200 analyses
Claires et synthétiques
Téléchargeables en 30 secondes
À imprimer chez soi

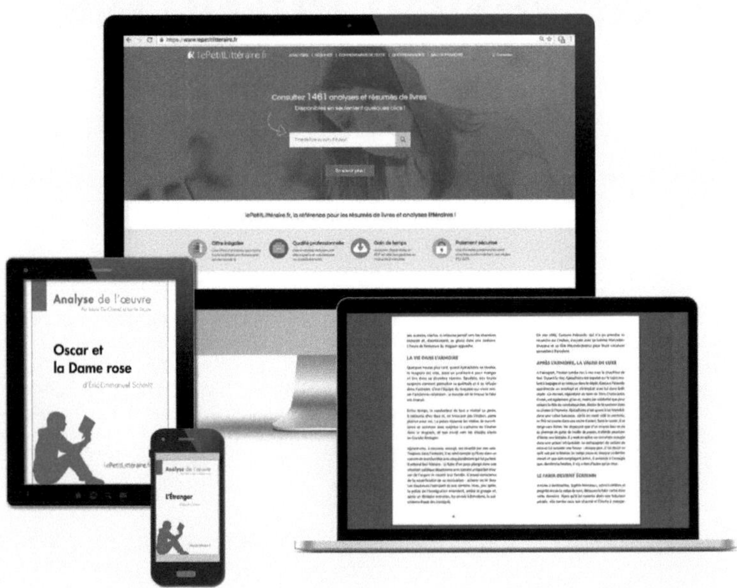

DINO BUZZATI

ÉCRIVAIN, JOURNALISTE ET PEINTRE ITALIEN

- **Né en 1906 à Belluno (Italie)**
- **Décédé en 1972 à Milan**
- **Quelques-unes de ses œuvres :**
  - *Le Désert des Tartares* (1940), roman
  - *Les Sept Messagers* (1942), recueil de nouvelles
  - *Le K* (1966), recueil de contes et de nouvelles

Né en 1906 en Italie, Dino Buzzati travaille d'abord comme journaliste au *Corriere della Sera*, pour lequel il est correspondant lors de la Seconde Guerre mondiale (1939-1945). Il se consacre ensuite à la littérature et écrit des romans tels que *Bàrnabo des montagnes* (1933) et *Un amour* (1963). En 1940, parait son œuvre romanesque majeure, *Le Désert des Tartares*, qui connait immédiatement un succès mondial. Buzatti est également l'auteur de contes et de nouvelles, de genre réaliste ou fantastique. *Le K*, le plus célèbre de ses recueils dans lequel s'inscrit « Le Veston ensorcelé », comporte cinquante récits. Son œuvre, plutôt pessimiste, traite souvent de l'illusion et de la mort, et met en scène un univers particulier où le banal, contaminé par le surnaturel, devient étrange et inquiétant.

Mort en 1972, Buzatti est considéré aujourd'hui comme l'un des plus grands écrivains italiens de son époque.

LE VESTON ENSORCELÉ

BIEN MAL ACQUIS NE PROFITE JAMAIS...

- **Genre :** nouvelle fantastique
- **Édition de référence :** « Le Veston ensorcelé », in *Le K*, traduit de l'italien par Jacqueline Remillet, Paris, Robert Laffont, 1975, 8 p.
- **1re édition :** 1966
- **Thématiques :** objet magique, luxe, crime, conscience, responsabilité

« Le Veston ensorcelé » fait partie du recueil *Le K*, publié en 1966. Cette courte nouvelle, à l'ambiance fantastique, est écrite du point de vue du personnage principal. À Milan, le narrateur, un homme aux modestes habitudes de vie, se fait confectionner un costume (dont il a admiré la coupe impeccable sur un autre homme) par un étrange tailleur. Il se rend vite compte qu'une poche du veston est en fait une inépuisable réserve d'argent. Mais chaque retrait d'argent provoque immanquablement une catastrophe meurtrière. Torturé par sa conscience, le personnage profitera un temps d'une vie luxueuse, puis finira par se débarrasser du veston. Il est malheureusement trop tard : le narrateur sait qu'il devra rendre des comptes.

RÉSUMÉ

Le narrateur est un Milanais célibataire. Faisant partie de la classe moyenne, il travaille dans un bureau. Ses seuls liens sociaux sont les personnes qu'il emploie : sa femme de ménage et sa secrétaire. Il semble avoir une vie ordinaire jusqu'au jour où il se rend chez le tailleur Alfonso Corticella. Ce dernier est un vieil homme de petite taille aux cheveux noirs. Il est à la fois bienveillant, accueillant et sympathique. Il a l'air enthousiaste à l'idée de compter le narrateur parmi ses clients et s'empresse de lui faire commander un peigné gris. Le narrateur souhaite le payer immédiatement mais le tailleur proteste en disant que cela peut attendre. Lorsque le héros rentre chez lui, il est vite rattrapé par un sentiment de malaise. Sans savoir pourquoi, le tailleur, qui lui a paru de prime abord fort sympathique, lui semble à présent angoissant : il ne souhaite désormais plus le revoir ni recevoir le veston. Pourtant, il ne décommande pas.

Il a entendu parler d'Alfonso Corticella pour la première fois lors d'une soirée quelques jours plus tôt. C'est un invité, dont il ne comprend pas le nom, qui le lui indique après que le narrateur a beaucoup complimenté son costume. En effet, cet homme « resplendi[t] littéralement à cause de la beauté linéaire, pure, absolue, de son vêtement » (p. 159). C'est par désir de ce qu'a l'invité que le narrateur va trouver le tailleur. Néanmoins, un élément que lui confie l'invité l'intrigue tout de même : ce dernier n'a toujours pas reçu la note du tailleur alors que son costume a été réalisé trois ans plus tôt.

De la même manière, quelques mois après avoir fait l'acquisition du veston, le narrateur n'a toujours pas reçu la note du tailleur. De plus, il souhaite se débarrasser au plus vite du vêtement. En effet, celui-ci se révèle posséder quelque propriété magique. Dès le premier jour où le narrateur le porte au bureau, il trouve, en plongeant la main dans sa poche, un billet de 10 000 lires qui ne sont pas à lui. Certain que ce ne peut pas être un cadeau de ses proches, sachant que la seule personne susceptible d'avoir accès au veston est sa femme de ménage, il pense que le tailleur a dû l'oublier à l'intérieur. Alors qu'il a l'intention de le lui ramener, en mettant une nouvelle fois sa main dans sa poche, il trouve un nouveau billet de la même somme. Le narrateur réalise alors qu'il trouve un nouveau billet de 10 000 lires à chaque fois qu'il plonge sa main dans la poche, de manière totalement illimitée. Il commence ainsi « à extraire les billets l'un après l'autre [...] de la poche qui sembl[e] inépuisable » (p. 162). En une nuit, il amasse une petite fortune de cinquante-millions de lires. Pourtant, dès le lendemain, il apprend qu'un fourgon blindé s'est fait braquer, signant la mort d'un passant qu'un malfrat a utilisé pour protéger sa fuite. La somme totale volée est égale à celle que le narrateur a empochée grâce à son veston. Il se demande alors si le vol n'est pas lié à son veston et s'il n'est pas la cause de ce terrible drame. Il préfère pourtant croire à une coïncidence.

Petit à petit, le narrateur continue à amasser une véritable fortune grâce à son veston « qui ferait de [lui] en quelques jours un des hommes les plus puissants du monde » (p. 163). Dès le deuxième soir, cédant au « mirage d'une existence de luxe effréné » (p. 164), il retire de sa poche 135 millions de lires. Le lendemain, il apprend que la même somme a disparu dans l'incendie d'une agence immobilière et que deux pompiers sont morts en combattant les flammes. À ce moment, bien qu'il commence réellement à penser « que l'argent que le veston [lui] procur[e] [vient] du crime » (p. 164), il préfère voir sa propre richesse que constater une réalité si incroyable et si terrible. Il s'achète donc une villa, des tableaux et une automobile de luxe. Il quitte son emploi pour parcourir le monde en compagnie de jolies femmes. Malgré tout, il éprouve un sentiment de culpabilité : « À chacun de mes encaissements, ma conscience se dégradait, devenait de plus en plus vile. » (p. 165) À chaque nouvelle catastrophe, il justifie ses actes par l'absence de preuves logiques et attribue les évènements à « une concordance vague » (p. 165). Un jour, alors qu'il veut réclamer sa note au tailleur, il apprend que celui-ci a émigré à l'étranger. Il se sent alors réellement piégé car il a l'impression d'être à la merci du tailleur : il ne peut plus choisir quand il règlera son créancier mais il sait que ce jour arrivera et il se doute que la note sera plus élevée que ce qu'il avait prévu.

Le jour où sa voisine se suicide après avoir perdu les 30 000 lires de sa pension touchée la veille, somme que le narrateur a empochée grâce à son veston, il décide de mettre un terme à tout cela. « Pour ne pas [s']enfoncer dans l'abime » (p. 165), il choisit de se débarrasser du veston en le détruisant (et non en le donnant pour éviter que la malédiction ne continue). Pour ce faire, il s'isole dans une vallée des Alpes et brule le vêtement. Il entend alors une voix toute proche lui crier « Trop tard, trop tard ! » (p. 166) : il se retourne et constate qu'il est seul. Il retourne chez lui le cœur léger mais réalise alors que sa villa a disparu et que ses comptes en banque sont vides. Aucun de ses proches ne s'étonne de sa subite perte d'argent et il reprend son travail. Malgré tout, il sait que le tailleur Corticella le retrouvera un jour « pour l'ultime règlement de comptes » (p. 166).

ÉTUDE DES PERSONNAGES

LE NARRATEUR

Le narrateur est un Milanais qui appartient à la classe moyenne, ne gagne pas énormément d'argent et travaille dans un bureau. Le lecteur ne dispose d'aucune information sur son physique, son âge ou son nom. Il se révèle être assez vénal quand une opportunité de richesse s'offre à lui et décide de ne pas écouter la morale qui lui dicte de ne pas jouir de son bonheur au détriment d'autres personnes. Il se libère de tout sentiment d'empathie pour pouvoir profiter autant que possible de sa fortune. Arriviste, il n'a aucun scrupule pour arriver à ses fins. Néanmoins, l'identification du lecteur au personnage reste possible car la situation serait tentante pour tout le monde : « Qui donc aurait résisté à un tel attrait ? » (p. 165)

Lorsque le narrateur se met à gagner beaucoup d'argent, il profite d'un train de vie aisé : il s'achète des biens immobiliers, des objets de luxe et voyage en compagnie de belles femmes. Mais tandis qu'il devient riche, il devient également égoïste : il cherche à cacher son veston de sa femme de ménage pour garder l'argent pour lui. L'hypocrisie le gagne lorsqu'il ment à sa secrétaire pour quitter son travail et qu'il nie que son enrichissement est en rapport avec les drames sanglants qui sévissent autour de lui. C'est seulement après plusieurs mois qu'il commence à éprouver des remords et tente de se racheter en supprimant le pouvoir maléfique du veston.

LE TAILLEUR

Le tailleur s'appelle Corticella et vit à Milan, dans un quartier et une maison que rien ne distingue des autres. Il est présenté par l'invité de la soirée comme un « grand maître » (p. 159) peu connu, qui ne travaille que pour un petit nombre de clients triés sur le volet.

« C'[est] un petit vieillard aux cheveux noirs qui [sont] sûrement teints » (p. 160), remarque le narrateur quand le tailleur lui ouvre la porte. Il est courtois avec son client qui le trouve sympathique, du moins dans un premier temps. En effet, le narrateur garde de lui par la suite un souvenir désagréable, « à cause de ses sourires trop insistants et trop doucereux » (p. 160). Notons que le tailleur a tout d'une représentation diabolique et est assimilé, à la fin du récit, au démon, comme le montre certaines phrases présentes dans le texte : « l'argent que le veston me procurait venait [...] de l'enfer », « j'avais fait un pacte avec le démon » (Robert Laffont, 1967, p. 152-153), « et pourtant c'est [le tailleur] un grand maître » (*ibid.*, p. 147) ; l'appellation « grand maître » est une référence directe au diable, un indice supplémentaire laissé au lecteur.

L'INVITÉ DE LA SOIRÉE

Bien que le narrateur dresse un portrait un peu inquiétant de l'invité, il ne s'en préoccupe pas : il est ébloui par le magnifique costume que porte ce dernier. Il est d'ailleurs vite tenté de s'en faire confectionner un. Le narrateur ne comprend pas son nom, mais note qu'il s'agit d'« un homme

poli et fort civil, avec toutefois un soupçon de tristesse »
(p. 159). L'invité n'hésite pas à renseigner le narrateur à
propos du tailleur et à donner son adresse « avec un curieux
petit sourire, comme s'il s'était attendu à cette question »
(*ibid.*).

CLÉS DE LECTURE

LE RECUEIL

« Le Veston ensorcelé » est une des nouvelles du recueil *Le K* écrit par Dino Buzzati. Les nouvelles n'ont pas de lien entre elles : il n'y a aucune continuité, ni aucun lien entre les personnages et les histoires. Bien que le personnage de Dino Buzzati lui-même soit le seul à revenir de temps en temps dans plusieurs nouvelles, les différents rôles qu'il occupe n'ont aucune connexion les uns avec les autres.

Par ailleurs, le même thème est récurrent dans pratiquement toutes les nouvelles du recueil : le fantastique. Tandis que la situation initiale est tout à fait réaliste, un élément fantastique s'introduit, plongeant le héros dans une aventure. L'auteur, journaliste de profession, base ses histoires sur des faits divers qui lui inspirent des contes mêlant réalisme, pessimisme, insolite et fantastique. Le fantastique de Buzzati est étroitement lié à notre temps et aux préoccupations actuelles que sont la dictature, la jeunesse, la solitude et le quotidien. Il dresse un portrait cynique de la société et des hommes, tempéré par un humour noir qui lui est caractéristique.

LE SCHÉMA NARRATIF

Situation initiale : c'est le début de l'histoire, le moment où on plante le décor et où on présente les personnages ; la situation est équilibrée, c'est-à-dire qu'elle n'a aucune raison d'évoluer :

- la situation initiale est très classique. Le narrateur mène une vie banale. La phrase « je ne fais guère attention, habituellement, à la perfection plus ou moins grande avec laquelle sont coupés les complets de mes semblables » (Robert Laffont, 1967, p. 147) montre que le narrateur n'est pas porté sur l'esthétique, du moins au début de l'histoire ;

Élément perturbateur : c'est un évènement qui vient perturber la situation initiale et qui va déclencher l'histoire proprement dite :

- le narrateur, lors d'une soirée à Milan, remarque le costume impeccablement coupé d'un invité et décide de s'en faire confectionner un semblable chez le même mystérieux tailleur ;

Péripéties : ce sont les évènements provoqués par l'élément perturbateur et qui entrainent la ou les actions entreprises par le héros pour résoudre le problème :

- il se rend chez le tailleur et commande un veston. Lorsqu'il le reçoit et le porte, il s'aperçoit qu'une des poches du veston délivre autant de billets de 10 000 lires qu'il veut. Comme il devient rapidement très riche, il finit par quitter son travail et fait l'acquisition d'une villa et de tableaux. Mais étrangement, un décès ou un vol impliquant une perte d'argent survient à chaque fois qu'il fait un retrait de son veston : le montant de l'argent volé est toujours le même que celui qu'il retire. Petit à petit, les remords le gagne mais il continue de jouir de sa fortune ;

Dénouement : il met un terme aux péripéties et conduit à la situation finale :

- il finit par détruire le veston, tandis qu'une voix le prévient que c'est trop tard ;

Situation finale : c'est la fin de l'histoire. La situation est à nouveau stable, comme la situation initiale, mais elle a subi des transformations :

- il s'aperçoit que tous ses biens ont disparu. Personne ne semble surpris de ne plus le voir riche. Il doit reprendre son travail, mais attend « le règlement de comptes » final, avec une sorte de fatalisme.

L'ÉVOLUTION DU NARRATEUR

Tout au long de la nouvelle, le point de vue du héros évolue d'un état d'esprit à un autre en fonction des différentes péripéties :

- **la perplexité.** Face au pouvoir du veston ensorcelé et aux opportunités financières qu'il lui procure, le narrateur se demande s'il rêve. Il ne sait pas comment réagir face à l'attaque du fourgon, se pose beaucoup de questions et ne parvient pas à dormir ;
- **l'individualisme.** Il cache son argent, fabrique un faux veston afin que sa femme de ménage ne le découvre pas et qu'il soit le seul à profiter du pouvoir du vêtement. Il a peur que ce rêve se termine alors que ses envies deviennent de plus en plus fortes ;
- **l'hypocrisie.** Même si le narrateur devient tout à fait

conscient que les accidents succèdent étrangement à ces retraits d'argent, il décide de refuser de croire qu'ils sont liés et se dégage de toute responsabilité. Il ment à sa secrétaire pour quitter son emploi ;

- **la prise de conscience.** Il finit par s'avouer qu'il est à l'origine de tous ces drames, que ses retraits d'argent sont directement liés aux vols et aux meurtres. La mort, pour une somme dérisoire, de sa voisine de palier (proche géographiquement de lui) est comme une révélation. Le narrateur ne supporte plus de voir des personnes perdre la vie pour qu'il s'enrichisse et décide de se débarrasser du veston. Il veut le détruire afin que personne ne puisse plus profiter de ses maléfices ;
- **le fatalisme.** Lorsqu'une voix lui dit, durant la destruction du veston, qu'il est trop tard, il est terrorisé et comprend qu'il sera poursuivi par la malédiction toute sa vie. La déception face à tout ce qu'il a perdu et la peur de voir un jour revenir le tailleur le plonge dans un fatalisme.

UNE NOUVELLE FANTASTIQUE

« Le Veston ensorcelé » appartient au genre de la nouvelle. Une nouvelle est un récit imaginaire bref conçu pour une seule séance de lecture centré sur une aventure unique. La nouvelle est littéraire et exploite les ressources de la langue (figures de style) pour captiver le lecteur. Dans le récit de Buzzati, il s'agit de l'histoire du narrateur et de son étrange veston. En outre, les personnages sont peu nombreux : ici, le narrateur occupe le centre de la nouvelle, et les personnages secondaires ne sont que deux, il s'agit du tailleur et de l'invité. Enfin, les évènements, souvent racontés de manière chronologique, progressent vers une chute qui surprend le lecteur : dans « Le Veston ensorcelé », le narrateur constate la disparition de tous ses biens.

La nouvelle peut prendre une tournure réaliste, ce qui signifie que les évènements racontés sont vraisemblables, ou fantastiques : le récit entraine alors le lecteur dans un monde à mi-chemin entre le naturel et le surnaturel, comme c'est le cas dans « Le Veston ensorcelé ».

La nouvelle fantastique regroupe ainsi les caractéristiques suivantes, qu'on retrouve également dans « Le Veston ensorcelé » :

- l'histoire débute dans un monde tout à fait réaliste, souvent banal. Pourtant, un personnage ordinaire se trouve soudain confronté à des phénomènes étranges. Dans « Le Veston ensorcelé », le narrateur, un homme sans histoire, mène une vie modeste jusqu'à la découverte des pouvoirs magiques du veston ;
- un sentiment de malaise s'insinue alors dans l'histoire. Le narrateur de Buzzati, avant même d'avoir enfilé le veston, se souvient avec gêne des regards insistants du tailleur ;
- le personnage, face à ce qui lui arrive, hésite entre deux types d'explication : une explication logique et une explication surnaturelle. C'est cette hésitation qui est au fondement même des œuvres fantastiques. Dans le récit de Buzzati, le narrateur dit, après les premiers prélèvements d'argent dans la poche du veston : « Je ne comprenais pas si je vivais un rêve. » (p. 163) De même, à la fin du récit, personne ne s'étonne de son appauvrissement soudain : est-ce un rêve ? Est-ce réel ? Est-il fou ? Il garde tout de

même une certaine peur du tailleur qu'il pense revoir un jour. C'est au lecteur de choisir l'explication rationnelle ou surnaturelle ;

- le personnage communique son hésitation au lecteur qui se demande également si l'explication est rationnelle ou magique. Les désastres qui suivent immanquablement les prélèvements d'argent ne sont-ils pas de pures coïncidences ? La relation de cause à effet n'est jamais prouvée ;
- l'écriture même de la nouvelle fantastique contribue à renforcer le doute puisque le lecteur perçoit le plus souvent l'histoire à travers le regard du héros-narrateur (point de vue interne), qui est peut-être victime des délires de son imagination. Il n'a donc pas accès à un point de vue objectif. L'utilisation fréquente du conditionnel, de la forme interrogative et de verbes modalisateurs (exprimant la subjectivité) qui insistent sur l'hésitation, ne font que renforcer l'indécision : « J'eus la sensation de me trouver entrainé, pour des raisons mystérieuses, dans la ronde d'un conte de fées » (p. 162), dit le narrateur du « Veston ensorcelé » qui peine à définir ce qu'il ressent ;
- le récit fantastique convoque généralement des êtres inquiétants tels que des monstres, des vampires, des revenants, des êtres invisibles, des objets magiques ou le diable. Ces deux derniers éléments sont présents dans « Le Veston ensorcelé » puisque le costume est un objet magique qui possède des pouvoirs surnaturels tandis que le narrateur constate que « sans le savoir, [il avait] fait un pacte avec le démon » (p. 165).

Le récit fantastique peut parfois s'accompagner d'une morale : il fait alors figure de parabole. C'est le cas de la nouvelle étudiée dont le sujet central est l'argent, bien souvent associé à des dilemmes moraux : qu'est-ce qui est bien ? Qu'est-ce qui est mal ? Buzzati cherche à faire comprendre à ses lecteurs que l'argent doit provenir du travail et être honnêtement gagné. Céder à la tentation de l'argent facile, c'est se compromettre et mettre son âme en péril, comme le prouve le héros du récit. L'envie de repousser le démon, de rompre son pacte avec lui pour faire taire sa conscience arrive trop tard et se solde d'abord par la privation de tous ses biens, avant le règlement de comptes final. La nouvelle de Buzzati illustre le proverbe « Bien mal acquis ne profite jamais », et le narrateur regrette amèrement ses actes : « Si seulement Dieu m'en avait préservé ! » (p. 159)

LIEUX COMMUNS

L'objet magique

L'objet magique introduit le fantastique dans un récit réaliste. Dans « Le Veston ensorcelé », c'est la vie banale du narrateur qui se retrouve perturbée par la vue d'un veston magnifique. C'est seulement à la suite de l'achat d'un veston fabriqué par Corticella que la vie du narrateur devient fantastique. Les textes merveilleux, au contraire, démarrent immédiatement avec des éléments magiques. Ces objets extraordinaires apparaissent dès les récits du Moyen Âge : Arthur est sacré roi car il arrive à retirer Excalibur, l'épée magique, d'un rocher ; Tristan et Iseult tombent amoureux après avoir bu un philtre magique, etc. On trouve ces objets également dans les contes : ils peuvent être une passerelle vers un monde magique comme le haricot de Jack ou contrôler les animaux comme le joueur de flute, ils peuvent révéler une vérité cachée comme les miroirs magiques dans *La Belle et la Bête*. On retrouve aussi des objets magiques dans les contes orientaux des *Mille et Une Nuits*, tels qu'une lampe magique, un tapis volant, etc.. Tous ces objets ont la particularité de donner de la puissance au personnage qui les possède. Le veston ensorcelé permet au héros de gagner de l'argent facilement, mais il se rend vite compte que cela exige une contrepartie.

À partir du XIXᵉ siècle, l'objet magique des récits fantastiques devient souvent source de malheur pour les personnages. Ainsi, dans *La Vénus d'Ille* (1837) de Mérimée (écrivain français, 1803-1870), la statue de Vénus, qui représente l'amour, est malmenée par certaines personnes. Durant la nuit, elle tue alors ces personnes pour les punir de leur méchanceté. Bien que l'objet magique acquis par le personnage principal dans *La Peau de chagrin* (1830) d'Honoré de Balzac (écrivain français, 1799-1850) exauce tous ses souhaits, le rend riche et lui permet de retrouver une vie sociale, il retire un peu de temps à sa vie à chacun de ses désirs, finissant par le tuer complètement. Derrière ces récits, l'auteur demande au lecteur, qui s'identifie facilement aux personnages, ce qu'il aurait fait à la place du héros. Et même si la peinture dans *Le Portrait de Dorian Gray* (1890) d'Oscar Wilde (écrivain irlandais, 1854-1900) permet à son propriétaire de vivre éternellement, elle l'oblige en contrepartie à commettre de mauvaises actions. *La Peau de chagrin*, *Le Portrait de Dorian Gray* et « Le Veston ensorcelé » ont en commun la particularité d'être des objets magiques, fournis par un personnage secondaire au personnage principal, qui accomplissent des miracles et embellissent la vie des héros. Mais ces objets leur apportent aussi des malheurs, souvent liés à leur entourage. À la fin, ces objets peuvent les conduire jusqu'à la mort ou, du moins, jusqu'à une fin de vie faite de tristesse. Ainsi, le héros du « Veston ensorcelé » poursuit sa vie dans le dénuement le plus total.

Le pacte avec le diable

Le diable et ses avatars sont mis en scène dans de nombreux textes de la littérature. Ils sont présents dès les textes médiévaux. Du grec *diabolos*, le diable est celui qui corrompt et qui divise. C'est un nom personnifiant l'idée du mal. Il est souvent rattaché aux religions et est opposé à l'idée du bien. Le diable trouve sa place dans les textes fantastiques qui apparaissent dès le XVIIIe siècle. Le premier grand texte fantastique serait *Le Diable amoureux* (1772) de Cazotte (écrivain français, 1719-1792) publié en 1772. Le diable est aussi présent dans certaines nouvelles de Théophile Gauthier (écrivain français, 1811-1872) comme *Une larme du diable* (1839), dans *L'Élixir de longue vie* (1830) de Balzac, dans *La Main enchantée* (1832) de Gérard de Nerval (écrivain et poète français, 1808-1855).

Dans quelques récits fantastiques, il arrive qu'un personnage soit une représentation du diable. Ce personnage, inquiétant d'aspect ou de caractère, met souvent le héros mal à l'aise. Il semble connaitre le futur et lire dans l'esprit du héros. Il peut se donner un air bienveillant pour mettre le protagoniste en confiance, afin de mieux le piéger. Dans *La Peau de chagrin*, il s'agit du vieil antiquaire, personnage énigmatique à l'air sombre. Il ne tente pas réellement de piéger Raphaël car il le prévient des dangers que présente la peau. Il essaye même de le dissuader de l'utiliser. Pourtant, il a tenu à lui présenter cet objet ; il a donc une espèce de double jeu. Il semble savoir d'avance que Raphaël choisira de prendre la peau et finira par mourir. Dans ce roman de Balzac, la figure du diable n'est pas réellement malfaisante, mais elle est tout de même responsable du pacte qui lie Raphaël à la peau. Dans *Faust* (1808) de Johann Wolfgang Goethe (écrivain allemand, 1749-1832), le héros a affaire à Méphistophélès en personne, l'incarnation du diable sur terre. Ce dernier fait signer un pacte à Faust pour l'initier aux jouissances terrestres et promettre de le servir fidèlement. En échange, l'âme de Faust est livrée à Méphistophélès à sa mort. Enfin, dans « Le Veston ensorcelé », le vieux tailleur Alfonso Corticella donne un sentiment de malaise au narrateur. Bien qu'il semble bienveillant et accueillant auprès du narrateur, il laisse à ce dernier une mauvaise impression.

Dans chacun des ouvrages cités, la figure du diable fait don au héros d'un objet fantastique qui améliore son quotidien. Mais bien vite, le protagoniste se rend compte que l'objet a une contrepartie malheureuse : il apporte des évènements macabres dans sa vie et le personnage ne souhaite bientôt plus le posséder, de peur de voir sa propre mort arriver. Finalement, le personnage diabolique qui fournit l'objet, en donnant l'air de vouloir aider le protagoniste, lui tend en réalité un piège. Il l'amène tout droit à sa perte en obtenant de lui son âme, que ce soit par sa mort ou par une existence malheureuse. Dans les textes cités précédemment, seule *La Peau de chagrin* fait exception. En effet, le vieil antiquaire ne souhaite pas obtenir l'âme de Raphaël. Il ne fait que servir les sombres desseins de la peau ; c'est elle qui souhaite avoir l'âme de Raphaël. Dans ce roman, l'objet est personnifié et prend le rôle diabolique qui manque au vieil antiquaire.

Quant aux textes fantastiques en général, lorsque les héros acceptent l'objet qui les aide au début du récit, ils signent en réalité un pacte avec le diable. Ils acceptent de vendre leur âme pour obtenir quelque chose qui rend leur vie plus facile.

Dans « Le Veston ensorcelé », le narrateur n'est pourtant pas au courant qu'il signe un pacte avec le diable. Il ne s'en rend compte que trop tard, après avoir profité des bienfaits de l'objet maléfique. Et même lorsqu'il réalise qu'il est sans doute la cause des malheurs d'autrui (vols, meurtres), il préfère dans un premier temps se voiler la face et croire à des coïncidences pour pouvoir continuer à profiter des miracles du veston. C'est seulement après avoir gouté au bonheur et vu les malheurs croitre exponentiellement qu'il voit enfin la vérité en face et décide de se débarrasser du veston ensorcelé. Mais comme le lui précise la voix qu'il entend lorsqu'il détruit le vêtement, il est trop tard. Il a accepté le veston : il a signé un pacte avec le diable. Il a profité de l'argent du vêtement : il doit payer pour ce qu'il a pris. La crainte de voir un jour revenir le tailleur pour qu'il paye sa dette (de son âme) le plonge dans un fatalisme expliquant le ton résigné des dernières lignes.

PISTES DE RÉFLEXION

QUELQUES QUESTIONS POUR APPROFONDIR SA RÉFLEXION...

- En quoi « Le Veston ensorcelé » peut-il être qualifié de nouvelle fantastique ?
- Quelle est l'importance du doute dans cette nouvelle ?
- Est-il possible d'expliquer rationnellement tous les évènements et de supposer que les éléments fantastiques ont été imaginés par le narrateur ?
- Expliquez cette phrase du narrateur : « Je ne comprenais pas si je vivais un rêve, si j'étais heureux ou si au contraire je suffoquais sous le poids d'une trop grande fatalité. » (Robert Laffont, 1967, p. 151).
- D'après son histoire, que pouvez-vous dire de la moralité du narrateur ?
- À la lecture de cette nouvelle, expliquez le dicton « Bien mal acquis ne profite jamais. »
- Pourquoi le tailleur est-il assimilé à une figure du diable dans le récit ?
- En quoi le costume est-il un objet magique, voire maléfique ?
- Pourquoi le lecteur peut-il s'identifier facilement au narrateur ? Donnez des exemples précis.
- À votre avis, de quel ultime règlement de compte devra s'acquitter le narrateur ?

POUR ALLER PLUS LOIN

ÉDITION DE RÉFÉRENCE

- BUZZATI D., « Le Veston ensorcelé », in *Le K*, Paris, Robert Laffont, 1967.
- BUZZATI D., « Le Veston ensorcelé », in *Le K*, Paris, Robert Laffont, 1975.

ÉTUDES DE RÉFÉRENCE

- GRIMALDI N., « Hommage à Dino Buzzati », in *Perspectives critiques*, n° 3, Paris, PUF, 2007.
- QUILLIOT R., « Dino Buzzati : l'énigme de l'attente », in *Les Métaphores de l'inquiétude : Giraudoux, Hesse, Buzzati*, Paris, PUF, 1997.

SUR LEPETITLITTÉRAIRE.FR

- Fiche de lecture sur *Le Chien qui a vu Dieu et autres nouvelles* de Dino Buzzati.
- Fiche de lecture sur *Le Désert des Tartares* de Dino Buzzati.
- Questionnaire de lecture sur *Le Chien qui a vu Dieu et autres nouvelles*.

DUMAS
• Les Trois
  Mousquetaires

ÉNARD
• Parlez-leur
  de batailles,
  de rois et
  d'éléphants

FERRARI
• Le Sermon sur la
  chute de Rome

FLAUBERT
• Madame Bovary

FRANK
• Journal
  d'Anne Frank

FRED VARGAS
• Pars vite et
  reviens tard

GARY
• La Vie devant soi

GAUDÉ
• La Mort du
  roi Tsongor
• Le Soleil des
  Scorta

GAUTIER
• La Morte
  amoureuse
• Le Capitaine
  Fracasse

GAVALDA
• 35 kilos d'espoir

GIDE
• Les
  Faux-Monnayeurs

GIONO
• Le Grand
  Troupeau
• Le Hussard
  sur le toit

GIRAUDOUX
• La guerre de
  Troie
  n'aura pas lieu

GOLDING
• Sa Majesté des
  Mouches

GRIMBERT
• Un secret

HEMINGWAY
• Le Vieil Homme
  et la Mer

HESSEL
• Indignez-vous !

HOMÈRE
• L'Odyssée

HUGO
• Le Dernier Jour
  d'un condamné
• Les Misérables
• Notre-Dame
  de Paris

HUXLEY
• Le Meilleur
  des mondes

IONESCO
• Rhinocéros
• La Cantatrice
  chauve

JARY
• Ubu roi

JENNI
• L'Art français
  de la guerre

JOFFO
• Un sac de billes

KAFKA
• La Métamorphose

KEROUAC
• Sur la route

KESSEL
• Le Lion

LARSSON
• Millenium I. Les
  hommes qui
  n'aimaient pas
  les femmes

LE CLÉZIO
• Mondo

LEVI
• Si c'est un
  homme

LEVY
• Et si c'était vrai…

MAALOUF
• Léon l'Africain

MALRAUX
- La Condition humaine

MARIVAUX
- La Double Inconstance
- Le Jeu de l'amour et du hasard

MARTINEZ
- Du domaine des murmures

MAUPASSANT
- Boule de suif
- Le Horla
- Une vie

MAURIAC
- Le Nœud de vipères

MAURIAC
- Le Sagouin

MÉRIMÉE
- Tamango
- Colomba

MERLE
- La mort est mon métier

MOLIÈRE
- Le Misanthrope
- L'Avare
- Le Bourgeois gentilhomme

MONTAIGNE
- Essais

MORPURGO
- Le Roi Arthur

MUSSET
- Lorenzaccio

MUSSO
- Que serais-je sans toi ?

NOTHOMB
- Stupeur et Tremblements

ORWELL
- La Ferme des animaux
- 1984

PAGNOL
- La Gloire de mon père

PANCOL
- Les Yeux jaunes des crocodiles

PASCAL
- Pensées

PENNAC
- Au bonheur des ogres

POE
- La Chute de la maison Usher

PROUST
- Du côté de chez Swann

QUENEAU
- Zazie dans le métro

QUIGNARD
- Tous les matins du monde

RABELAIS
- Gargantua

RACINE
- Andromaque
- Britannicus
- Phèdre

ROUSSEAU
- Confessions

ROSTAND
- Cyrano de Bergerac

ROWLING
- Harry Potter à l'école des sorciers

SAINT-EXUPÉRY
- Le Petit Prince
- Vol de nuit

SARTRE
- Huis clos
- La Nausée
- Les Mouches

SCHLINK
- Le Liseur

SCHMITT
- La Part de l'autre
- Oscar et la
  Dame rose

SEPULVEDA
- Le Vieux qui
  lisait des romans
  d'amour

SHAKESPEARE
- Roméo et Juliette

SIMENON
- Le Chien jaune

STEEMAN
- L'Assassin
  habite au 21

STEINBECK
- Des souris et
  des hommes

STENDHAL
- Le Rouge et
  le Noir

STEVENSON
- L'Île au trésor

SÜSKIND
- Le Parfum

TOLSTOÏ
- Anna Karénine

TOURNIER
- Vendredi ou
  la Vie sauvage

TOUSSAINT
- Fuir

UHLMAN
- L'Ami retrouvé

VERNE
- Le Tour
  du monde
  en 80 jours
- Vingt mille
  lieues sous
  les mers
- Voyage au
  centre de
  la terre

VIAN
- L'Écume des jours

VOLTAIRE
- Candide

WELLS
- La Guerre des
  mondes

YOURCENAR
- Mémoires
  d'Hadrien

ZOLA
- Au bonheur
  des dames
- L'Assommoir
- Germinal

ZWEIG
- Le Joueur
  d'échecs

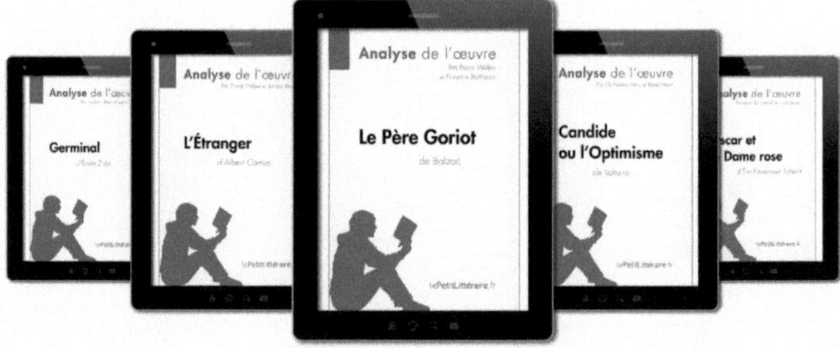

www.lepetitlitteraire.fr

ISBN version numérique : 978-2-8062-9290-2
ISBN version papier : 978-2-8062-9291-9
Dépôt légal : D/2017/12603/8

Avec la collaboration d'Eloïse Murat pour le résumé, l'étude du narrateur, les chapitres « Le recueil », « Le schéma narratif », « L'évolution du narrateur » et « Lieux communs » ainsi que pour les pistes de réflexion.

Conception numérique : Primento,
le partenaire numérique des éditeurs.

Ce titre a été réalisé avec le soutien de la Fédération Wallonie-Bruxelles, Service général des Lettres et du Livre.